W0251895

2005

Gallimard Jeunesse / Giboulées
Sous la direction de Colline Faure-Poirée

© Gallimard Jeunesse, 2005
ISBN : 2-07-055610-7
Dépôt légal : janvier 2005
Numéro d'édition : 123998
Loi n° 49956 du 16 juillet 1949
sur les publications destinées à la jeunesse
Imprimé en France par *Partenaires-Livres*® (JL)

La météo de Juliette La Rainette

Une drôle de petite série d'éveil
Sous la direction artistique d'Antoon Krings

Mis en images par Virginie Fraboulet
Mis en mots par Diane Costa de Beauregard
Mis en scène par Hélène Quinquin
Mis en pages par Néjib Belhadj Kacem

GIBOULÉES
GALLIMARD JEUNESSE

2005

Nuages roses du matin, la pluie est en chemin.

Juliette la rainette est la reine de la météo : elle connaît à l'avance le temps qu'il fera et sait tout sur la pluie et le beau temps. Elle a une passion : les nuages, et peut les identifier tous. Elle a même inventé un jeu, avec son ami Roméo, qu'ils ont appelé « saute-nuage ». Il s'agit de regarder les nuages qui arrivent dans le ciel et de sauter en disant leur nom. Le premier, qui les reconnaît, saute et gagne un point. On ne peut jouer que s'il y a du vent pour pousser les nuages, bien sûr. Aujourd'hui, c'est parfait : il souffle une jolie brise.

– À nos marques ! dit Juliette.

Margot l'escargot voudrait bien jouer à ce nouveau jeu avec son ami Samson le hérisson. Elle lui donne quelques explications :

– Les nuages ne sont pas tous situés au même étage : les stratus voguent bas dans le ciel, les cirrus sont les plus hauts et, entre les deux, il y a les cumulus…

– C'est bon, l'interrompt Samson d'un ton un peu piqué, stratus, cirrus et compagnie, tous ces noms en « us », c'est très intéressant, mais tu nous vois jouer à « saute-nuage » ? Moi qui ne sais me mettre qu'en boule, et toi qui ne peux que ramper ! C'est vraiment pas un jeu pour nous.

Georges le rouge-gorge aimerait jouer, lui aussi. En plus, il a un avantage : en volant, il peut prendre de l’altitude et voir les nuages avant tout le monde ! En voilà un qui se profile, alors Georges siffle :

– « Un cumulus à l'horizon, qui annonce le beau temps ! »
– Stop, tricheur ! Tu n'as pas le droit de voler, s'exclament Roméo et Juliette.
– Pour voir les nuages, c'est quand même plus facile, répond Georges.
– Peut-être, mais nous, on ne vole pas, et ce n'est pas la règle de notre jeu.

Le vent pousse les nuages de plus en plus fort et ils passent de plus en plus vite dans le ciel. Pierrot le moineau, qui est venu rejoindre Georges, lui souffle :

– Un autre cumulus.

– Pas du tout, dit Georges. Et comme il ne peut s'en empêcher, il siffle : « Un cumulonimbus, qui va cacher le soleil ! Il va pleuvoir et faire de l'orage et, par-dessus le marché, on ne pourra plus jouer ! »

Furieuse, Juliette brandit son parapluie.

– D'abord, tu n'as pas le droit de jouer ! Et en plus, c'est moi qui sens venir la pluie : c'est le rôle des grenouilles. Mais c'est vrai qu'il va pleuvoir, venez donc chez moi vous abriter.

– Il n’y a pas que les grenouilles qui peuvent annoncer la pluie, grogne Roméo qui sent se réveiller le rhumatisme de sa patte. Par exemple, on sait qu’il va pleuvoir lorsque les écailles des pommes de pin se collent les unes aux autres, pour protéger leurs graines de la pluie, que les fleurs du mouron rouge se referment… et que les hirondelles volent plus bas.

Entraînés par une bonne risée, ce n'est pas sans mal que Luce la puce et Léon le bourdon naviguent sur la mare. Plus loin, Juliette hisse le drapeau qui indique la force du vent : force 6, vent frais. Attention, le vent est trop fort ! Vite, à l'abri !

Léon est arrivé le premier sous la véranda de Juliette. Il pose une question qui le tracasse depuis longtemps :

– Est-ce que les nuages sont faits avec du coton ?

Georges et Roméo éclatent d'un rire moqueur.

– Pas du tout, dit Juliette, en tapotant son tableau des nuages, qui lui sert aussi de baromètre. Ils sont faits d'une multitude de gouttelettes d'eau collées les unes aux autres. Ce sont de grands réservoirs d'eau qui donnent de la pluie, de la neige ou de la grêle.

Sur le ponton, Margot et Samson se hâtent à leur rythme. Samson, qui malgré les noms étranges des nuages s'est finalement intéressé à eux, demande à Margot :
– D'où viennent les gouttelettes d'eau qui sont emprisonnées dans les nuages ?

– De la mer, des rivières... de la mare aussi. Le soleil, en chauffant l’eau, la transforme en vapeur qui s’élève dans l’atmosphère. Là-haut, l’air est froid et, à son contact, la vapeur se transforme en fines gouttelettes. Elles s’agglutinent les unes aux autres pour former tous ces nuages qui voguent dans le ciel.

La pluie commence à tomber. Léon s'interroge à haute voix :
– Comment font les nuages pour fabriquer la pluie ?
– Quand, à cause du froid, les gouttelettes deviennent de grosses gouttes si lourdes qu'elles ne peuvent plus flotter dans le ciel, explique Juliette, elles tombent en pluie. Il faut près d'un million de gouttelettes pour former une goutte de pluie. Et quand il y a un orage, les gouttes sont énormes.

À peine Juliette s'est-elle tue que l'orage éclate. Toutes les petites bêtes se précipitent sous la véranda, un peu effrayées par la couleur sombre du ciel ; un éclair surgit du front nuageux que forme le cumulonimbus.

– Regardez les éclairs ! dit Juliette.

– Et dans quelques secondes, ajoute Roméo, on va entendre le grondement du tonnerre.

– J'ai peur, dit Léon.

– Ne t'inquiète pas, lui répond Margot, nous sommes à l'abri, la foudre ne tombera pas sur nous. Il y a un paratonnerre sur la maison de Juliette.

Huit fiches documentaires à détacher et à collectionner

**Dans chaque titre de la collection,
les fiches apportent ou complètent des informations
données dans le texte concernant le sujet traité.**

Chaque couleur correspond à une série :

- **Bleu pour les sciences**
- **Rouge pour l'art et culture**
- **Vert pour la nature**
- **Orange pour la maison et la vie quotidienne**